Para Alison, con amor

Publicado por acuerdo con Walker Books Ltd, 87 Vauxhall Walk, Londres, SE11 5HJ, Reino Unido
Título original: THE GREEDY GOAT
© Petr Horáček, 2016
© de la traducción española:
EDITORIAL JUVENTUD, S.A., 2016
Provença, 101 - 08029 Barcelona
info@editorialjuventud.es - www.editorialjuventud.es
Traducción de Eva Peribáñez

Primera edición, 2016

ISBN 978-84-261-4384-6

DL B 13665-2016
Núm. de edición de E. J.: 13287

LA CABRA GLOTONA

Petr Horáček

Editorial EJ Juventud

Provença, 101 – 08029 Barcelona

Un sábado por la mañana
la cabra decidió
que ya estaba harta
de comer hierba
y otras plantas.

Quería probar algo **nuevo**.

Para desayunar probó la comida del perro.

Estaba deliciosa.

Sobre todo cuando la acompañó
con la leche del gato.

Para almorzar se comió las pieles de patata del cerdo.

Y de postre la planta de la mujer del granjero,
acompañada de un zapato de su hija.

Más tarde, pensó que los calzoncillos del granjero

podían ser una buena cena.

Esa noche la cabra no se sentía bien.

Se

puso

roja   **azul**

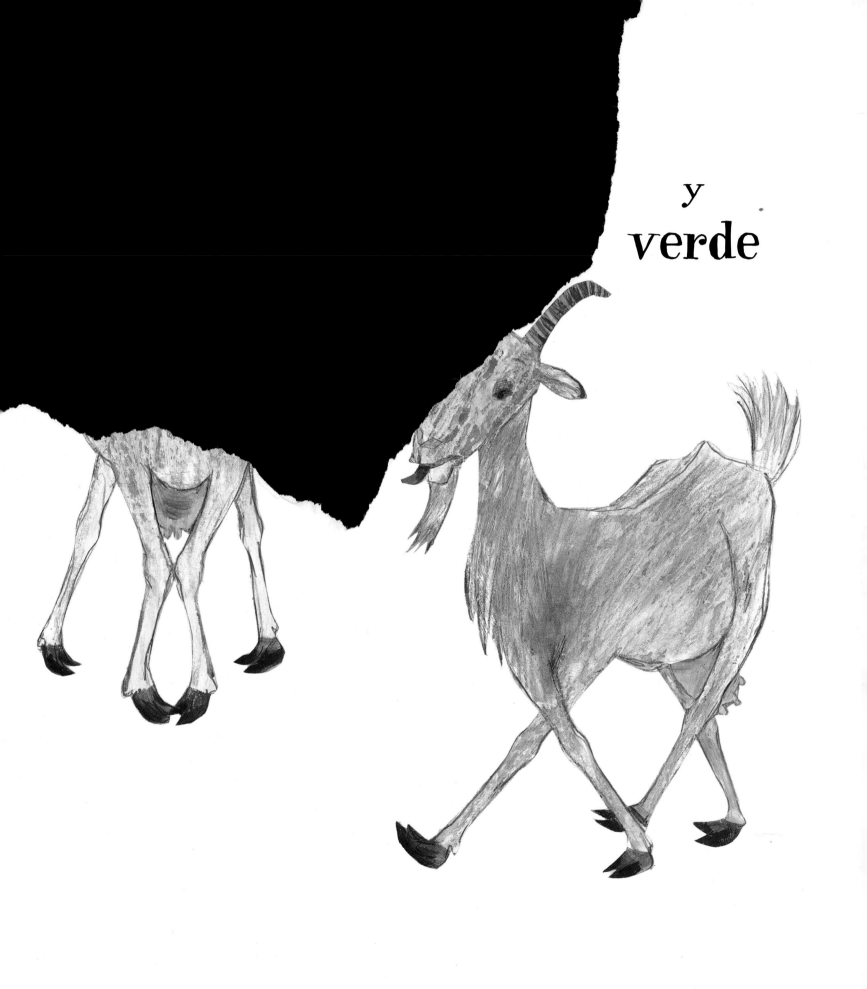

y
verde

"¿Dónde e[...]
chilló la [...]
"¿Dónde e[...]
maulló el g[...]

"¿Dónde están mis pieles
de patata?", gruñó el cerdo.

amarilla

...está mi zapato?",

...nija del granjero.

...stá mi leche?",

...ato.

"¿Dónde están mis calzoncillos?",
bramó el granjero.
"¿Dónde está mi planta?",
gritó la mujer del granjero.
"¿Dónde está mi comida?",
ladró el perro.

¿Dónde está la CABRA?

La cabra se sentía fatal.

¡Estuvo enferma
todo el domingo!

El **lunes**,
por fin, dejó
de tener los ojos
en blanco.

El **martes**

dejaron de sonarle
las tripas.

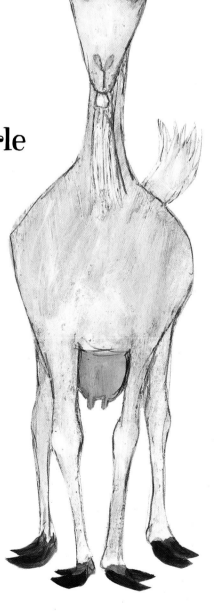

El **miércoles**

dejó de tener hipo.

El jueves
soltó un
tremendo
eructo.

El **viernes**

estaba casi blanca.

El sábado la cabra ya se sintió bien.
El granjero dio más pieles de patata
al cerdo. Al gato le pusieron más
leche, y al perro más comida.

El granjero nunca encontró sus calzoncillos. Su mujer plantó otra planta. Su hija nunca recuperó su zapato, pero todos se alegraron de que la cabra volviera a sentirse bien.

Mientras tanto, la cabra se comía

las botas de agua del granjero.